EU &
OS GATOS
HISTÓRIAS FELINAS DO SUBÚRBIO CARIOCA

Editora Appris Ltda.
1.ª Edição - Copyright© 2024 da autora
Direitos de Edição Reservados à Editora Appris Ltda.

Nenhuma parte desta obra poderá ser utilizada indevidamente, sem estar de acordo com a Lei nº 9.610/98. Se incorreções forem encontradas, serão de exclusiva responsabilidade de seus organizadores. Foi realizado o Depósito Legal na Fundação Biblioteca Nacional, de acordo com as Leis nos 10.994, de 14/12/2004, e 12.192, de 14/01/2010.

Catalogação na Fonte
Elaborado por: Josefina A. S. Guedes
Bibliotecária CRB 9/870

L533e 2024	Leitão, Márcia Eu & os gatos: histórias felinas do subúrbio carioca / Márcia Leitão. – 1. ed. – Curitiba: Appris, 2024. 76 p. ; 21 cm. ISBN 978-65-250-5931-0 1. Memória autobiográfica. 2. Gatos. 3. Animais. 4. Comunidades. I. Título. CDD – 808.06692

Appris
editora

Editora e Livraria Appris Ltda.
Av. Manoel Ribas, 2265 – Mercês
Curitiba/PR – CEP: 80810-002
Tel. (41) 3156 - 4731
www.editoraappris.com.br

Printed in Brazil
Impresso no Brasil

Márcia Leitão

EU &
OS GATOS

HISTÓRIAS FELINAS DO SUBÚRBIO CARIOCA

FICHA TÉCNICA

EDITORIAL	Augusto Coelho
	Sara C. de Andrade Coelho
COMITÊ EDITORIAL	Ana El Achkar (UNIVERSO/RJ)
	Andréa Barbosa Gouveia (UFPR)
	Conrado Moreira Mendes (PUC-MG)
	Eliete Correia dos Santos (UEPB)
	Fabiano Santos (UERJ/IESP)
	Francinete Fernandes de Sousa (UEPB)
	Francisco Carlos Duarte (PUCPR)
	Francisco de Assis (Fiam-Faam, SP, Brasil)
	Jacques de Lima Ferreira (UP)
	Juliana Reichert Assunção Tonelli (UEL)
	Maria Aparecida Barbosa (USP)
	Maria Helena Zamora (PUC-Rio)
	Maria Margarida de Andrade (Umack)
	Marilda Aparecida Behrens (PUCPR)
	Marli Caetano
	Roque Ismael da Costa Güllich (UFFS)
	Toni Reis (UFPR)
	Valdomiro de Oliveira (UFPR)
	Valério Brusamolin (IFPR)
SUPERVISOR DA PRODUÇÃO	Renata Cristina Lopes Miccelli
ASSESSORIA EDITORIAL	William Rodrigues
REVISÃO	Andrea Bassoto Gatto
PRODUÇÃO EDITORIAL	Adrielli de Almeida
DIAGRAMAÇÃO	Lucielli Trevizan
CAPA	Eneo Lage
REVISÃO DE PROVA	Jibril Keddeh

Às mães gateiras e aos apaixonados por gatos, que dedicam tempo e afeto para cuidar desses seres especiais, cheios de personalidade e encantamento.

APRESENTAÇÃO

Um leitor desavisado pode imaginar que está diante de uma obra ficcional ou talvez uma publicação técnico-científica sobre o *Felis silvestris catus*: o gato caseiro, urbano ou doméstico. Afinal, em meio a aventuras felinas contadas com certo lirismo e bom humor, o amigo leitor encontrará informações relevantes sobre os cuidados e a saúde desses companheiros felinos tão adaptáveis à vida moderna. Porém... ledo engano.

Este não é um manual ou um guia de como cuidar do seu pet ou mesmo uma visão romantizada do convívio com esses animais. É, sim, uma biografia sobre felinos que com um simples ronronar ou um esfregar de pescoço conseguem mudar hábitos, pessoas e espaços urbanos.

Partindo de histórias ocorridas no subúrbio carioca, a autora tenta refletir sobre sua experiência pessoal, mas também coletiva, de amor e solidariedade, que marca o dia a dia de uma "tutora de gato", ou "mãe gateira", como gosta de ser chamada.

O local em que se desenrolam as histórias também é importante para a narrativa. Ao longo dos anos, o subúrbio carioca deixou de ser um circuito de residências proletárias, unifamiliares (casas e sobrados), onde moravam os trabalhadores das grandes fábricas instaladas no entorno, para transformar-se em "bairros dormitórios", ocupados por altos prédios, conjuntos habitacionais, condomínios e comunidades.

Da esquizofrenia de enfrentar longas horas em igualmente longos trajetos para o local de trabalho, do pouco tempo para curtir a vizinhança em passeios e conversas na calçada, surgiu uma icônica prática no subúrbio: adotar gatos. Esses animais não precisam de um amplo quintal para sentirem-se livres. Sua liberdade pode ser exercida numa prateleira alta, numa janela telada ou em sofás de braços espaçosos, que mais do que usar para dormir, eles farão questão de arranhar e, quiçá, destruir.

Só não pense que a brejeirice e/ou a malemolência do subúrbio perderam-se na correria e nas dificuldades da sociedade moderna. Os relacionamentos entre humanos e gatos no subúrbio fazem florescer todos os dias uma vida de trocas e compartilhamentos que acentuam a nossa civilidade.

Capítulo a capítulo, o leitor descobrirá que gatos (pets, de modo geral, mas principalmente os gatos) aproximam pessoas, criam correntes de solidariedade e empurram seus tutores para propósitos que transformam suas vidas.

SUMÁRIO

CAPÍTULO 1
MEU DESTINO É CUIDAR. SERÁ? 11

CAPÍTULO 2
OUTROS PETS PELO MEU CAMINHO 17

CAPÍTULO 3
NA VIGIA PELA XUXA 19

CAPÍTULO 4
MEU GATO DE SANTO ANTÔNIO 21

CAPÍTULO 5
NA SAÚDE E NA DOENÇA… 29

CAPÍTULO 6
SALVA PELO GOGÓ 35

CAPÍTULO 7
NOVOS AMIGOS GATOS FORAM CHEGANDO 39

CAPÍTULO 8
LILICA E A TAL GUARDA COMPARTILHADA 41

CAPÍTULO 9
NOVOS MORADORES, DIFERENTES PERSONALIDADES 43

CAPÍTULO 10
A MAIOR PROVA DE AMOR 45

CAPÍTULO 11
RÉQUIEM PARA TITIA 49

CAPÍTULO 12
NO CÉU DE SÃO FRANCISCO DE ASSIS 51

CAPÍTULO 13
UM PACTO COM O DRAGÃO DE SÃO JORGE 53

CAPÍTULO 14
QUANDO VIREI A MULHER DOS GATOS? 57

CAPÍTULO 15
CARINHO DE GATO 59

CAPÍTULO 16
ESCOVAÇÃO:
MOMENTO DE CARINHO E RELAXAMENTO 61

CAPÍTULO 17
AZ / DZ 63

CAPÍTULO 18
PARA A "CADEIRA DO FEIO" 65

CAPÍTULO 19
UM DIA DIFÍCIL 67

CAPÍTULO 20
UMA REDE DE SOLIDARIEDADE 69

GALERIA DE GATOS 71

POETIZANDO GATOS… 75

CAPÍTULO 1

MEU DESTINO É CUIDAR. SERÁ?

Ao longo da minha vida sempre achei que o meu destino era cuidar. Ainda muito pequena, com 8 ou 9 anos de idade, minha mãe perguntou-me por que eu sempre me cercava de crianças mais novas e eu respondi, confiante:

— Porque eu posso cuidar delas, ora.

Lógico que minha mãe achou estranho, mas os anos se passaram e ela entendeu que "cuidar" era um vício que marcaria minha vida.

Cuidei dos meus avós maternos até a morte de cada um deles. Zelei também pela saúde da minha mãe, de tios, de vizinhos, de amigos e parentes vários. Porém bichos entravam e saíam da minha vida sem grandes cuidados. Quem me conheceu na infância ou na adolescência jamais me definiria corno uma "protetora de animais".

Como muitas crianças do subúrbio carioca, trocava garrafas por pintos coloridos, que criava na varanda do apartamento do Conjunto Habitacional em que morava com minha mãe, irmãos e avós. Alguns pintos morriam logo em virtude do sereno ou do frio da noite. Outros chegavam a virar frangos, mas aí vinha a ordem de despejo da minha avó materna. Ela logo dizia:

— Dá logo esse bicho para Dona Isabel, pois está sujando a varanda toda.

Dona Isabel morava no mesmo prédio, só que no andar térreo. Assim, era praticamente "dona" da área dos fundos do bloco de apartamentos. Tinha sido criada na roça e por isso ainda gostava de criar galinhas e plantar batata-doce no terreno.

Era normal acordarmos com galos cantando debaixo de nossas janelas, mesmo morando em pleno subúrbio da Central, há apenas 25 minutos do centro do Rio e a 500 metros da linha férrea e da Fábrica de Tecidos.

Ainda hoje é possível encontrar ovos de galinha postos nas jardineiras da rua e galos cantando às 19h por não entender que foram as luzes da iluminação pública que acenderam e não o sol que saiu. O subúrbio carioca ainda tem dessas coisas...

Bem – como eu dizia –, eu não era uma "protetora de animais", pois se um desses frangos virassem tempo depois a galinha do jantar, não fazia jejum.

Também nunca briguei com os meninos que caçavam rolinhas para comê-las assadas em churrasqueira feita de tijolos e carvão feito de gravetos na área dos fundos dos blocos.

Minha avó dizia que não gostava de bichos "porque bicho dá trabalho". Então precisávamos – eu e meus irmãos – escolher bem os pets que queríamos criar. A feira era a nossa loja de animais. Lá encontrávamos, além dos amados pintos coloridos, tartarugas, canários em gaiolas e, eventualmente, porquinhos-da-índia.

Tivemos tartarugas que morreram logo. Não sei se porque eram de água salgada e colocávamos numa bacia de água doce ou se porque já estavam doentes quando comprávamos.

Meu irmão teve um canário, mas não durou muito tempo conosco, pois ele preferiu trocar por um violão, no qual ele só aprendeu a tocar "Parabéns para você". Para sorte do canário, ele foi levado para longe e não teve que ouvir diariamente aquele "don-don-don" que não chegava a lugar nenhum.

Mas meu, meu mesmo, o meu primeiro pet, na acepção completa da palavra, foi um porquinho-da-índia tricolor, responsável pela minha primeira experiência de cuidado animal e de organização de enterro.

Porquinho-da-índia

Seu nome científico é Cavia porcellus. Faz parte da espécie de roedores sul-americanos, como preás, mocós e maras. Por isso também são chamados de preá-do-reino ou cobaia. Vive em média de 4 a 8 anos, pesa entre 900 gramas e 1,2 kg, e medem cerca de 40 cm, no máximo.[1]

Desenho 1 – Porquinho-da-índia, por Márcia Leitão

Quando eu tinha uns 10 anos de idade, o meu porquinho da índia morreu e prontamente confeccionei um pequeno caixão para colocar seu corpinho inerte. O caixão foi feito a partir de um velho estojo escolar de madeira. Catei margaridas do jardim para ornar o corpo e mobilizei as amigas para sairmos em cortejo fúnebre até o terreno baldio onde enterramos meu amiguinho peludo. Minha primeira organização de enterro foi perfeita, enfim.

---

[1] PORQUINHO da índia. *Wikipedia, a enciclopédia livre*. Disponível em: https://pt.wikipedia.org/wiki/Porquinho-da-%C3%ADndia. Acesso em: 30 maio 2023.

Na idade adulta, após a morte da minha avó materna, com quem vivi até os meus 40 anos e os 93 dela, resolvi adotar um hamster chinês, uma releitura mais sofisticada do velho porquinho-da-índia.

Hamster chinês

Com o nome científico de Cricetulus griséus, o roedor é originário dos desertos do nordeste da China e da Mongólia. Esses hamsters chegam a medir de 7,5 a 9 cm de comprimento e pesam de 50-75 gramas. Vivem em média de dois a três anos. São dóceis, ativos e brincalhões.[2]

Desenho 2 – Hamster e sua bola de rolagem, por Márcia Leitão

---

[2] Hamster chinês. *Wikipédia, a enciclopédia livre*. Disponível em https://pt.wikipedia.org/wiki/Hamster-chin%C3%AAs. Acesso em: 30 maio 2023.

Seu nome era Ramiro. Tinha uma gaiola que mais parecia um parque de diversões, porém o que ele gostava mesmo era de rolar pelo apartamento atrás de mim em uma bola de acrílico, o que – diga-se de passagem – divertia muito meus sobrinhos.

Após passar a dor do luto pela minha avó, doei Ramiro para os meus sobrinhos, mas não sabia que eles viviam poucos anos e logo ele partiu. Dessa vez não teve cortejo ou oração, mas confesso que chorei mais do que na infância.

Os gatos só foram fazer parte da minha rotina alguns anos depois.

CAPÍTULO 2

OUTROS PETS PELO MEU CAMINHO

Após a separação da minha mãe, meu pai morou em muitos lugares e em quase todos deu abrigo a simpáticos cães vira-latas. Havia um, inclusive, que papai simulava estar se afogando na Lagoa de Maricá, município fluminense, e o cachorro entrava na água da lagoa desesperado e abocanhava a mão de meu pai, que fingia estar sendo salvo. Juntos, nadavam até as margens da lagoa e, depois, os dois (meu pai e o cão) rolavam na areia de alegria pelo salvamento. Era um espetáculo que os frequentadores da lagoa assistiam extasiados.

Ali, aprendi que cachorro era um bicho bobo. Não importava quantas vezes papai mentisse, o cão sempre ficava nervoso com o "afogamento" e lançava-se nas águas para ajudá-lo.

Outros cães também foram autores de episódios caricatos em família. Como o Paquito, o cachorro dado por um ex-namorado para minha irmã, um mestiço com corpo de boxer e focinho de pastor alemão e que era apaixonado por minha irmã. Ele costumava deitar sobre os sapatos dela quando ela ligava o secador de cabelo, pois sabia que ela estava se preparando para sair e sem sapatos ela não poderia ir.

Ainda, com ciúmes, Paquito aninhava-se no sofá entre minha irmã e o novo namorado, colocando a cabeça sobre as genitálias do rapaz, que a qualquer movimento de aproximação da minha irmã sentia os rosnados naquela posição inglória...

Paquito não estranhava o barulho do secador ou do liquidificador, mas entrava em pânico com gritos humanos.

Uma noite, três mulheres reunidas – eu, minha irmã e mamãe – na sala e passou um camundongo. Óbvio, as três gritaram e subiram no sofá, e ao olharmos para o lado, lá estava Paquito, também em cima no sofá, uivando no ritmo dos nossos gritos. Esse era o Paquito, o cão-coragem.

Desenho 3 – Paquito, o cão-coragem, por Márcia Leitão

CAPÍTULO 3

NA VIGIA PELA XUXA

Corajosos ou covardes, gatos não fizeram parte do cotidiano da minha família por muito tempo. Um olhar mais apurado sobre eles começou com a chegada de uma nova vizinha que foi morar porta com porta comigo e vovó. Nessa época, meu avô já tinha morrido, meu irmão casou-se e mudou-se, e minha mãe e minha irmã também mudaram. No apartamento do subúrbio restamos eu e vovó.

A vizinha tinha uma gata angorá linda, branca, peluda, de uma elegância singular, chamada Xuxa. Mas era uma gata muito arredia e silenciosa. Soube da existência dela ao reparar minha avó na ponta dos pés, olhando pela vigia da porta, e ao ser perguntar o que ela estava espionando, ela esclareceu que estava vendo a gata da vizinha comer as plantas que enfeitavam o andar.

— Mas, vó, por que não abre a porta e a espanta das plantas? – perguntei, acreditando que ela estava chateada com o prejuízo às plantas. Mas nada.

— Ah, não. Ela é muito bonitinha. Gosto de ficar vendo-a daqui. Se abri a porta, ela foge e eu não a vejo mais – respondeu vovó, quase sussurrando para não assustar a gata.

O engraçado era imaginar a rabugenta vovó Chica encantada com um "bicho que só dá trabalho". E, verdade, seja dita: bastava mexer na maçaneta que Xuxa corria para dentro do apartamento dela e não era mais vista. Nem mesmo quando, por motivos fúteis, batíamos na porta e a vizinha vinha nos atender, conseguíamos ver aquela belezura de felino.

A vizinha, sim, era uma "mãe gateira" de primeira linha. Além da Xuxa, ela tinha como rotina percorrer as ruas do bairro com garrafas de água e ração para alimentar gatos de rua. Também era comum ela fazer do seu apartamento lar temporário para gatos em tratamento, fosse por algum problema de saúde, fosse porque tinham sido castrados, e após a convalescência eram recolocados na rua.

No entanto eu ainda me mostrava imune à idolatria pelos gatos. Apenas admirava à distância a elegância, a higiene e a independência daqueles seres que via por entre frestas e vigias.

Até que Santo Antônio – sim, não foi São Francisco – resolveu interferir nessa história...

CAPÍTULO 4

MEU GATO DE SANTO ANTÔNIO

Há muitos anos aprendi com a família a ter a mais profunda devoção por Santo Antônio. Essa admiração só cresceu com a descoberta dos textos de padre Antônio Vieira, que narrava a força da palavra de um santo que, desprezado pelos homens, conversava com os peixes. Da experiência meramente intelectual para espiritual foi um pulo, ou melhor, um salto.

Subi as escadarias do Convento de Santo Antônio, no Largo da Carioca, no centro do Rio de Janeiro, tantas e tantas vezes que perdi as contas... As contas dos terços que rezei aos pés do santo pedindo proteção, saúde, emprego, paz na família, compreensão ou perdão para os meus pecados diários.

O engraçado é que nunca me passou pela cabeça pedir um marido, um companheiro, um amor, como é praxe na relação com o santo. Não nego que já fui pedir pela saúde de um amor ou por alento para um coração magoado, mas jamais me ocorreu em pedir ao "santo casamenteiro" maleme para minha solidão. Talvez Santo Antônio tenha subtendido em minhas lamúrias aos seus pés o desejo que não ousava externar nem mesmo para mim.

Fazia sete anos que havia perdido minha avó e uns quatro anos o meu hamster quando acordei atrasada, numa manhã chuvosa da segunda-feira de Santo Antônio (dia 13 de junho). Abri a porta do apartamento para pegar o jornal antes de sair para o trabalho e escutei um miado fino e choroso ecoando das escadas. Desci alguns degraus e encontrei um gatinho amarelo, com cara de pidão. Pensei: "Deixaram aí para a vizinha cuidar. Caramba! A esta hora ela já foi trabalhar. Só vai voltar à noite. Coitado, vai passar fome até lá".

Com pena, voltei ao apartamento para pegar uma tigela de leite e um paninho para protegê-lo do frio. É, ainda não fazia ideia de que gatos não deviam beber leite de vaca e o mais parecido com ração que tinha em casa era granola.

Gatos não devem beber leite

Apesar do senso comum afirmar que gatos amam tomar leite, a verdade é que esse não é um alimento recomendado aos felinos em idade adulta. Como qualquer mamífero, o leite materno é importante para os filhotes, mas como estamos falando em leite de vaca para gatos, essa não é uma boa ideia.

Produtos lácteos podem provocar diarreia e vômitos nos gatos. Após a fase de amamentação, eles diminuem a produção de lactase, enzima responsável pela digestão da lactose, proteína do leite, por isso ele pode gerar problemas gastrointestinais nos felinos.[3]

Antes que conseguisse entrar no meu apartamento, um vulto rápido como uma brisa passou entre as minhas pernas.

Não, não foi o gato! Deus! Estou atrasada. E se foi? O que faço agora?

Comecei a chamar o bichano por todo o apartamento: "Gatinho, gatinho... Vem aqui, vem!".

E nada, nem um miado sequer.

Procurei embaixo da cama, atrás do sofá, ao lado da geladeira e do fogão, no banheiro, nos quartos... e nada. O relógio lembrou-me do atraso para o trabalho. Então coloquei o pote de leite no chão, outra vasilha com água e um prato de granola. Fui embora trabalhar. Imaginei que quando voltasse a vizinha ajudar-me-ia a pegá-lo e tudo bem: ela levaria o gato embora.

---

[3] MITO ou verdade: pode dar leite para o gato? *Revista Casa e Jardim*. Disponível em: https://revistacasaejardim.globo.com/Casa-e-Jardim/Dicas/Pets/noticia/2021/10/mito-ou--verdade-pode-dar-leite-paragato.html. Acesso em: 30 maio 2023.

No trabalho só pensava em como retirar o gato do meu apartamento. Se fosse um rato podia armar uma ratoeira, mas um gato...

Decidi ligar para minha mãe. Ela era sempre muito criativa e já tinha retirado gatos "a muque" de casa. Conta a lenda que meu pai bêbado chegava em casa com gatinhos molhados que tirava da chuva, e enquanto ele ia dormir minha mãe arremessava os bichanos para o fundo do prédio e depois dizia que havia fugido.

Mas não pensem mal da minha mãe. Cuidar de três crianças com um marido alcoólatra não era tarefa fácil. Àquela altura, mais uma boca fazia diferença. E lembra? Minha avó criou-nos dizendo que "bicho dá trabalho".

Por ironia do destino, a maior prova de amor recebida por minha mãe no fim da sua vida foi dada por uma gata. Mas essa história conto depois.

(...)

Ao comentar pelo telefone com a minha mãe sobre o gato invasor de apartamento, veio logo a sentença:

— Viu? Foi pedir ao Santo Antônio um companheiro, um gato... Ele te mandou um, só que de quatro patas. Não soube rezar direito. Filha, até para pedir ao santo é preciso ser muito clara – ironizou mamãe.

Desenho 4 – Santo Antônio e o gato, por Márcia Leitão

Piadinhas de mãe à parte, eu tinha um problema: como encontrar e retirar um gato do meu apartamento? E se ele me atacasse? E se ele me arranhasse? E ele se machucasse? E se a vizinha não tiver quem fique com ele?

Atormentada de dúvidas, fiz mais uma tentativa familiar: liguei para o meu irmão. Ele sempre esteve pronto a me proteger e me ajudar. Sabia que agora estava sozinha no apartamento dos meus avós, então telefonei para ele. Afoita, fui logo dizendo:

— Mano, um gato invadiu o meu apartamento.

Meu irmão, já com a voz alterada, começou a gritar se eu tinha chamado a polícia. Eu tentava explicar que era um animal, mas ele, em pânico, só dizia que eu devia chamar a polícia logo, antes de ele fugir. Quando ele entendeu que era um felino, só sabia dizer que devia jogar pela janela. Mas como eu podia jogar o que eu sequer conseguia pegar ou mesmo ter certeza de que estava lá? Desisti do auxílio do meu irmão.

No trabalho eu só pensava, chorosa, que se eu não encontrasse o gato, ele morreria atrás do armário duplex e eu só saberia quando o cheiro de cadáver em putrefação invadisse o meu quarto.

Por fim, decidi: precisava de auxílio especializado. "Vou a uma *petshop* ou a uma veterinária e perguntar como se faz uma arapuca para gato", pensei.

Como não tinha veterinária por perto, aproveitei o horário de almoço do trabalho para ir a uma *petshop* no shopping. Posso garantir que essa não foi uma boa ideia.

A primeira sugestão da atendente da *petshop* foi que eu comprasse uma coleira com guiso, pois assim saberia onde ele andava. Foi difícil conter a raiva e explicar que primeiro eu teria que pegar o gato, colocar a coleira, para depois saber onde ele estava, mas se eu conseguisse pegá-lo, não precisaria mais da coleira, pois o problema estaria resolvido.

Assim, não levei a coleira, mas ela me convenceu que poderia atraí-lo com bolinhas de guiso, ratinho de pelúcia, pintinho de dar corda, vara de penas… Ou, ainda, com um potinho de água, ração úmida, ração seca, caixa de areia. Saí da loja não mais preocupada com o gato, mas com a fatura do cartão de crédito.

Porém a caixa de areia despertou-me para um problema adicional que eu não tinha imaginado: "E se ele cagou na minha cama? Se fez xixi no meu sofá e nas almofadas? Se quebrou os porta-retratos, a cristaleira, a louça que deixei na pia… Senhor, afasta de mim esse gato!"

Subi as escadas para o apartamento no retorno do trabalho pensando: "Vai estar tudo sujo, tudo rasgado, tudo fedido… Não, tão pequenininho como era, não pode ter feito tanta bagunça".

Abri a porta com o coração na mão e qual não foi a minha surpresa. Não tinha nada sujo, a casa não fedia, a manta sobre o sofá estava na mesma posição, os potes de leite e água quase intactos, ninguém havia derrubado nada.

— Devo ter sonhado, não tinha gato nenhum – disse a mim mesma, respirei aliviada.

E, aí, senti um pelo macio se esfregando na minha perna. No chão, um gatinho amarelo listrado, magrelo e cabeçudo, de olhar carente. Não resisti, e como o Visconde de Valmont, aquele gato seduziu-me em ligações perigosas que mudariam a minha vida.

Desenho 5 – Os Malkovichs, por Márcia Leitão

Visconde de Valmont em Ligações perigosas

O filme norte-americano de Stephen Frears, Ligações perigosas, foi lançado no Brasil em 1989, tendo à frente do elenco Glenn Close, Michele Pfeiffer e John Malkovich. Este último interpretava o Visconde de Valmont, que a partir de artimanhas sofisticadas e cruéis seduzia a doce e romântica jovem Madame de Tourvel (Michele Pfeiffer) a mando da Marquesa de Meteuil (Glenn Close).[4]

No começo pensei que era uma gata, depois a veterinária garantiu-me que era macho e aí tive que pensar num nome. Bem, ele era feinho, com um ar blasé, mas se tornava extremamente cativante quando queria seduzir. Assim, chamei-o de John Malkovich, meu ator preferido. Mas todo mundo o conhece como "Malko, o gato de Santo Antônio".

---

[4] LIGAÇÕES Perigosas (filme). Wikipédia, a enciclopédia livre. Disponível em: https://pt.wikipedia.org/wiki/Liga%C3%A7%C3%B5es_Perigosas_. Acesso em: 30 maio 2023.

CAPÍTULO 5

NA SAÚDE E NA DOENÇA.

Quem me conhece sabe que odeio a retórica de misticismo, de esoterismo e coisas que os valham. Meus maiores conflitos com a minha mãe foram por conta de religiosidade e misticismo. Portanto não pense que aceitei com naturalidade o discurso de que gatos são seres espirituais, "que filtram energias" etc. etc.

Conhecia tão pouco de gatos que quando percebi que Malkovich fazia uns barulhos esquisitos ao deitar do meu lado levei ao veterinário por medo de ele estar doente. O veterinário riu de mim – ele estava ronronando e não com tuberculose ou pneumonia. Mas fato é que passei a ler tudo sobre gatos, o que podem ou não podem comer, os riscos à saúde deles etc.

E com o Malko veio um mundo de conhecimentos bicho-lógicos, *fakes* ou não, e despesas bem reais.

Na semana seguinte à "invasão" dele ao meu apartamento, coloquei rede de segurança em todas as janelas, exceto nos basculantes, pois "bastaria mantê-los fechados", pensei. Ledo engano. Tranquilamente fui trabalhar, afinal meu novo amigo estava seguro e com as vacinas em dia.

Vacinas para gatos

Gatos, assim como humanos e outros pets, precisam ter seu sistema imunológico equilibrado por meio de vacinas. Diversas doenças podem ser evitadas com a manutenção de vacinação regular.

No mercado já é possível encontrar múltiplas alternativas de imunização para felinos. São vacinas múltiplas como:

- A tríplice felina, que previne contra doenças respiratórias, como rinotraquiete e calicivirose, e a panleucopenia (também conhecida como parvovirose).
- A quádrupla felina, que agrega a essas três a proteção contra a clamidiose, (infecção bacteriana).
- A quíntupla felina, que protege contra a leucemia felina, altamente transmissível.
- E a vacina antirrábica, que evita zoonose fatal para humanos e animais: a raiva.

Todas essas vacinas devem ser renovadas anualmente. As múltiplas podem ser aplicadas a partir da nona semana de vida do felino e a da raiva a partir de 1 ano de idade.[5]

No trabalho, recebi uma ligação da vizinha do apartamento 102 aflita, informando que estava levando Malko ao hospital, pois ele tinha tentado sair pelo basculante para pegar um pombo pousado no parapeito da janela, mas a perna ficou presa e ele acabou despencando do segundo andar do prédio.

---

[5] VACINAS gatos. *Zoetis Brasil*. Disponível em: https://www.zoetis.com.br/especies/gatos/vacinas-gatos/index.aspx. Acesso em: 30 maio 2023.

Desenho 6 – Gato na janela, por Márcia Leitão

Os gatos costumam pular grandes alturas, mas precisam girar o corpo no ar a tempo de amortecer a queda com as patas dianteiras. Malko não teve tempo para isso. Ou, talvez, ao fechar parcialmente, o basculante tinha quebrado seu fêmur. Não sei ao certo o que houve.

Diante da notícia, eu precisava ir em socorro desse novo companheiro. O que dizer para a chefe para que ela me liberasse no meio do expediente? Resolvi falar a verdade:

— Chefe, desculpe, mas tenho que ir para casa, pois meu gato tentou o suicídio e pulou do segundo andar do meu prédio.

Então deixei a sala rapidamente antes que ela desse conta de que o gato era o meu animal de estimação e não um namorado.

No hospital, encontrei um gato ferral que eu desconhecia. A vizinha toda mordida e arranhada, e a veterinária descabelada, como se lidasse com uma fera. Era preciso controlá-lo para uma radiografia do fêmur. Respirei fundo e peguei-o no colo. Imediatamente, Malko acalmou-se, e as lágrimas começaram a cair dos meus olhos enquanto eu tentava colocá-lo na chapa fria da maca.

Sim, havia uma fissura na cabeça do fêmur. Não havia como resolver cirurgicamente. Malko tinha que ficar confinado, não podia pular de jeito nenhum. Como evitar as brincadeiras de pique-pega de todas as noites? Como evitar que pulasse na cama para se aconchegar no meu travesseiro? A veterinária recomendou colocá-lo no transporte durante um mês.

Levei Malko para casa, mas imaginá-lo trancado numa gaiola por trinta dias apertava meu coração. Tive, então, uma ideia perfeita: eu o confinaria no box do chuveiro. Ele não teria como pular, e comida e água ficariam ali também. Além disso, como no dia em que ele chegou: cocô e xixi ele faria no ralo. Bem, claro que de manhã e à noite era um ritual colocá-lo no transporte, lavar o box e recolocá-lo lá. Mas funcionou bem...

Com o passar dos dias, Malko até gostou de jogar *squash* no box. Ficava deitado e jogava a bolinha para a parede, que voltava para ele. Resultado: na terceira radiografia a fissura estava cicatrizada. E até hoje Malkovich é capaz de passar horas deitado ao lado da tigela de ração, com uma pata dianteira nela, lançando com as garras um a um os grãos de ração para fora do pote e, assim, comer deitado.

Desenho 7 – De grão em grão Malko enche o bucho, por Márcia Leitão

Mas nada disso reforça para mim a ideia comum de que gatos mantêm relações espirituais com seus donos. Na verdade, a única certeza é que ter um pet é como um casamento: na alegria, na tristeza, na saúde e na doença...

E foi na doença que descobri a força da amizade de um gato.

CAPÍTULO 6

SALVA PELO GOGÓ

Malkovich ficou muito apegado a mim e eu a ele. Por muito tempo acreditei que ele seria meu único e derradeiro amigo. Ele logo ambientou-se a uma casa de baixa movimentação. Com a morte da minha avó, as visitas dos tios e primos tornaram-se mais escassas, porém, em homenagem a ela, a família passou a reunir-se em datas especiais: Páscoa, Dia das Mães e Natal.

Eram almoços festivos no apartamento de 70 metros quadrados, onde eu recebia até 15, 20 pessoas. Somente nessas ocasiões, Malko perdia a soberania e partia em fuga para o apartamento da vizinha, que nessa altura tinha perdido a Xuxa e havia adotado três novos amigos felinos: o elegante "Pingo", que parecia um "lorde gato", a tricolor levada chamada "Vitória" e a malhada e recatada "Mirna".

Desacostumado com o barulho, Malko sempre pressentia quando meu espalhafatoso irmão estava por chegar no meu apartamento. Antes mesmo de tocar a campainha ou colocar a chave na porta, o meu amado gato corria para esconder-se, informando que meu irmão estava chegando.

Mas a maior intuição do Malkovich mostrava-se nos meus males. Era chegar chateada pelos problemas no trabalho e Malko começava a fazer graça para entreter-me. Empurrava bolas para os meus pés para que jogasse para ele; derrubava a caneta de luz para que eu brincasse com ele de caçar o pontinho vermelho pelo chão da sala; ou corria e agarrava a perna da minha calça, como quando brincávamos de pique-pega no apartamento. É... Aos 40 e tanto anos de idade, eu agora brincava com meu gato como uma criança, correndo e rindo pela casa. E ele sabia como eu precisava daqueles minutos de descontração e alegria.

Com a idade enfrentei o aparecimento da diabetes e o agravamento das "ites recorrentes" (rinite, sinusite, dermatite...). Um teste de alergia comprovou que tinha alergia a quase tudo, menos a gatos e camarões, para minha infinita satisfação. Duas paixões que jamais saberia viver sem.

E diz o dito popular: "A única coisa que sobe para a mulher madura são as gengivas" – e como já estava na "idade das ites", contraí uma gengivite braba e a recomendação do tratamento odontológico foi o uso de antibiótico. Informei que não podia usar Amoxicilina, pois era alérgica, mas esqueci que existiam substâncias derivadas da penicilina que era igualmente proibidas para mim.

No dia seguinte à consulta ao dentista, antes de ir trabalhar tomei o antibiótico recomendado. Fiz um chamego no Malkovich e fui pegar o ônibus para o trabalho. Na fila do lotação, comecei a sentir arrepios e uma sensação esquisita.

Lembrei-me de fazer o pedido certo ao meu protetor Santo Antônio para que conseguisse pelo menos chegar de volta à minha casa. Como minha mãe ensinou-me, se a gente pede muito pode não receber nada.

Assim, caminhei cambaleante de volta ao meu apartamento. Abri a porta e desabei no sofá. Já sem conseguir respirar, senti um peso enorme no meu peito e um focinho gelado colado na minha boca. Levei um tempo para dar-me conta de que o peso eram os 9 kg do Malko, que estava deitado no meu peito, com o focinho colado entre o meu nariz e a boca, o que me deu ânsia de vômito.

Desenho 8 – Respira, respira... por Márcia Leitão

Até hoje não sei se foi o peso, o mau hálito do Malko ou tudo junto, que me fez vomitar. Isso fez com que eu me sentisse um pouco melhor, então chamei o táxi e fui para a emergência mais próxima. O médico ainda fez graça com o meu drama:

— O mau hálito do seu gato te salvou. Você ia morrer se não tivesse vomitado. Agradece a ele por mim. Esse gato é bem esperto.

Ironia médica à parte, aprendi a confiar no Malkovich como meu primeiro diagnóstico. Tivemos ambos (Malko e eu), em sequência, crises de saúde provocadas por cálculos renais, resfriados, gastrites ou rinites alérgicas.

CAPÍTULO 7

NOVOS AMIGOS GATOS FORAM CHEGANDO

A essa altura já estava apaixonada por gatos, mas ainda certa de que meu único e definitivo amor seria John Malkovich. Passei a reparar como havia gato no mundo. Morando ao lado de um grande shopping center, que anteriormente era uma fábrica de tecidos, descobri que no estacionamento, em diferentes pontos, viviam mais de 20 gatos.

O engraçado é que durante tantos anos caminhei pelas ruas do subúrbio sem notar qualquer sinal de vida felina. Talvez tenha visto um gato dormindo na bancada da quitanda ou ao lado da peixaria, mas nada que me alertasse para o fato de que eles estavam em todos os lugares e que viviam em colônias.

Em 2022, a Organização Mundial da Saúde estimava que no Brasil havia 30 milhões de cães e gatos em situação de abandono. Desses, 10 milhões eram gatos. Já o Censo Pet 2022, do Instituto Pet Brasil, identificou 149 milhões de animais de estimação no país, sendo 27,1 milhões de gatos.[6]

Se somarmos abrigados e desabrigados, estamos falando de mais de 37 milhões de gatos para uma população de 202 milhões de habitantes. Ou seja, é um gato para cada cinco ou seis brasileiros. E o que é pior: um gato de rua para cada três gatos com um lar.

Bem, eu – meio que sem querer – assumi a cota de vários lares: ao invés de um para cada lar, logo estaria com seis gatos para um único lar. Como cheguei a isso? Nem sei direito.

---

[6] IPB. *Dados 2021*. Disponível em: http://institutopetbrasil.com/beneficios/#16544785667342b-296943-2dd6. Acesso em: 30 maio 2023.

O crime de abandono e a Técnica CED

A criminalização do abandono de animais no Brasil é coisa recente. Data do fim dos anos de 1990. A Lei n.º 14.064/2020, aumentou para cinco anos a pena de prisão para os tutores que abandonam seus pets. A Lei n.º 9.605/1998 previa pena de apenas um ano de reclusão.

Tão importante como punir o abandono é adotar políticas que contenham o crescimento da população de gatos de rua. Merece destaque a adoção da Técnica CED (Capturar, Esterilizar e Devolver), adotada por Organizações Não Governamentais e governos em diferentes partes do mundo, como EUA, Inglaterra, Canadá e Portugal. A ideia é controlar as colônias de gatos de rua e as matilhas de cães abandonados, castrando seus membros e lhes assegurando qualidade de vida e mais saúde.

No Brasil, o movimento ainda é muito pontual. Muitas vezes, são iniciativas individuais de pessoas preocupadas com o aumento das colônias e matilhas.

Algumas protetoras, entre elas minha vizinha de porta, já há alguns anos, pegam, castram e devolvem gatos para a rua tentando evitar a proliferação dos animais desabrigados. Mas a fase do "devolver" é a mais difícil...

A vizinha permanecia incansável em sua missão protetora aos felinos, já eu ainda me matinha como uma mera espectadora e admiradora eventual.

Como não queria um segundo gato, doía meu coração as fugas do Malko para a casa da vizinha, quando ele, tolamente, tentava interagir com os gatos dela. Pingo, Mirna e Vitória eram avessos a brincadeiras e também não gostavam de carinhos humanos. O que nos deixava – eu e Malkovich – bastante frustrados.

Até que nossos destinos começaram a se cruzar com outros gatos bem mais sociáveis.

CAPÍTULO 8

LILICA E A TAL GUARDA COMPARTILHADA

Lilica é uma gatinha de pelo curto, branca e cinza que nasceu na rua. Ela ficava com um monte de gatos no fundo de um prédio e todos os dias via passar a "alma caridosa" que colocava água e comida para os bichanos.

Curiosa, um dia Lilica resolveu seguir, escondidinha, essa moça "magrinha" de andar ligeiro, que pontualmente a alimentava. Descobriu, assim, a rua onde essa alma bondosa morava e logo a criançada da rua também descobriu a gata Lilica, que a essa altura não tinha um nome oficial, mas passou a ser a mascote de todos.

Como a vida no abandono tem seus riscos, numa noite, um carro entrou acelerado na rua e atingiu Lilica em meio à correria com as crianças. Não deu para saber se havia ou não a ferido gravemente, pois ela escondeu-se em um buraco, e para completar começou a chover forte. Avisada pelas crianças, a "tia das sacolas de ração e água" foi ao resgate da Lilica.

Uma rápida verificação e a tia descobriu que ela não estava machucada ou com dor. E a gatinha logo se aninhou no sofá da sala, até hoje seu local preferido. Pingo e Vitória aprovaram a nova amiga, mas mantiveram sua habitual indiferença. Já o Malko... revelou sua veia paternal.

Como um pai zeloso, passou a pegar a pequena Lilica pelo cangote e a levá-la para minha casa, assim como costumava fazer com os brinquedos do Pingo que achava no chão do apartamento da vizinha, levando-os para o banheiro do meu apartamento, resquício do período de confinamento, aliado ao seu estigma de gatuno.

Eu, ainda firme no propósito de ter apenas John Malkovich na minha vida, aceitava de bom grado pegar a Lilica de manhã e entregá-la no fim da tarde. Nascia ali uma espécie de guarda compartilhada, que só Malkovich poderia me fazer assumir.

Com a maturidade, Lilica optou em definitivo pela casa da vizinha e Malko pôde exercitar o seu lado paterno com outros felinos filhotes que cruzaram o nosso caminho.

CAPÍTULO 9

NOVOS MORADORES, DIFERENTES PERSONALIDADES

Em virtude do mau tempo, de falsos atropelamentos e até mesmo resgates espetaculares – como a retirada de um filhote de dentro da roda de um caminhão –, eu e a vizinha de porta aumentamos consideravelmente a população per capita de gatos no prédio.

Quatro anos após a chegada do meu primeiro gato, meu apartamento não era mais habitado apenas por John Malkovich. Disputavam espaço no sofá, na minha cama e na minha vida, cinco novos felinos:

1. **Zazá Gabor** – Uma gata tigrada, com o rabo quebrado em formato de gancho, que escolheu meu apartamento para não enfrentar as disputas com Lilica no gatil da vizinha, que então já abrigava cinco gatos.

2. **Juju** – Filha mais velha da Mel, outra gata de rua que, prestes a ter a sua segunda ninhada, pediu ajuda à vizinha para ter os seus filhotes e acabou parindo quatro gatinhos no quarto de hóspedes: Zeca, Negão, Moqueka e Rodolpho. Como a vizinha tinha ficado com a mãe e os filhotes, pediu que ficasse com a irmã mais velha, a Juju, pois sem ser castrada e sem a mãe poderia sofrer maus-tratos na rua. Aceitei, resignada. Até aqui éramos três...

3. **Rodolpho** – Foi escolha minha, eu confesso. Quando cheguei do trabalho, a Mel paria o seu último bebê da ninhada: um gato, mirradinho, cabeçudo e com cara de poucos amigos. Tinha uma mancha fina negra embaixo das narinas que

parecia o bigodinho do Adolph Hitler. Com medo de ficar estigmatizado com um nome do mal, decidi que se chamaria Rodolpho Valentim. No dia da vacina dele, tive que viajar a trabalho, então pedi à vizinha que fizesse isso por mim. Como ela não lembrava do segundo nome que sugeri, ela registrou-o como "Rodolpho Elias". E até hoje ele sente-se mais um profeta do que um gato.

4. **Radisha** – Foi um dos últimos resgates das minhas vizinhas. Sim, no plural. A filhote entrou na roda de um caminhão e mobilizou a mulherada do prédio para sua retirada antes que o veículo saísse. A tricolor conseguiu entrar no espaço entre o pneu e a calota e miava desesperada, sem conseguir tirar a cabeça do buraco da roda. Depois de várias tentativas ela foi retirada e levada para a casa da vizinha protetora de animais para recuperar-se. Dias depois, não sei exatamente o motivo, entrou no meu apartamento e nunca mais saiu. Agora éramos cinco.

5. **Zulu** – Um negro retinto que invadiu a minha vida com as bençoes de São Jorge e um pacto com o Dragão, mas essa história é um capítulo à parte, que conto mais à frente.

CAPÍTULO 10

A MAIOR PROVA DE AMOR

Antes de falar do Zulu preciso lembrar de outras almas felinas que cruzaram o meu caminho e a minha história.

Começo falando sobre os gatos da minha mãe. Como já devem ter percebido, minha mãe não era lá uma mulher de muitos chamegos. Eram raros os afagos ou carinhos. Porém o que lhe faltava em demonstrações de afeto sobrava em misticismo.

Quase colocou fogo na casa por conta das velas que acendia para os "santos". E quando falo "santos" não falo apenas dos católicos, mas também da umbanda, do candomblé, do povo cigano e de tudo quanto é corrente esotérica que lhe chegasse aos ouvidos.

Com a minha crescente paixão por gatos, minha mãe descobriu que esses bichos eram cercados de mística. Em diferentes livros e matérias em jornais e revistas, ela "aprendeu" que gatos filtram as energias negativas e protegem espiritualmente seus tutores.

E, aí, fez um pedido inusitado: arrumar para ela um gato branco de olho azul. Por que algo tão específico? Não sei, não perguntei. Confesso que fiquei com medo da resposta, pois certamente tinha algum interesse esotérico em jogo.

Bem, por ironia do destino, alguém abandonou na rua um gato branco já adulto, com os tais olhos azuis. Convoquei minha vizinha, protetora de plantão, e fui resgatá-lo em um condomínio próximo à minha residência.

Após castrá-lo e vaciná-lo, demos o nome de Tom e levei para o sítio onde minha mãe residia, na cidade de Magé, município fluminense. O sítio de pouco mais de 2 mil metros quadrados era murado, mas nada que impedisse os passeios diários do Tom pelas redondezas.

Tom passava mais tempo circulando por aí do que em casa. E talvez por isso ele tenha durado pouco.

A região em que Tom circulava era cercada de árvores e tinha muito ouriço-cacheiro, um terror para gatos e cachorros, que os caçavam e acabavam com espinhos enfiados na boca e focinho. Mas Tom não morreu dos espinhos ou da infecção por eles provocada. Morreu envenenado, provavelmente porque se meteu na armadilha feita pelos caseiros locais para acabar com os roedores.

Ouriço-cacheiro

Natural das Américas, esse pequeno animal não é, de fato, ouriço, tampouco porco-espinho, como supõem alguns. Por sua capacidade de esconder-se, recebeu o nome popular de cacheiro – "aquele que cacha, que se esconde". Chamado de "porco-espinho", trata-se de um roedor da família Erethizontidae, tem o dorso coberto de espinhos longos e aguçados, de cor acastanhada e com bandas escuras nas extremidades.

Esses espinhos destacam-se facilmente do corpo em situações de autodefesa. Ao serem mordidos ou pegos por predadores, eles soltam-se e provocam ferimentos. Portanto é lenda que eles arremessam os espinhos.

Após a morte do branco Tom, mamãe veio passar alguns meses na minha casa para fazer exames e tratar da saúde. Apaixonada por futebol e fumante incorrigível, minha mãe passava horas acompanhando pela TV todos os campeonatos do mundo: italiano, francês, inglês, brasileiro, cariocão, Taça Guanabara etc. Nos intervalos, via programas de debates sobre futebol, o que a tornava uma "sofá-nática". Eram horas e mais horas no sofá diante da telinha.

Não demorou e essa rotina atraiu outra "senhorinha", apaixonada por uma boa soneca no sofá: a Lola, outra gata adulta resgatada pela minha vizinha para a técnica CED – capturar, esterilizar e devolver –, mas que encontrou no meu sofá e na minha mãe espaço e companhia perfeitas para passarem juntas suas 12 horas de repouso diário.

Mamãe acostumou-se a ver a Lola como sua companhia, nas tardes e noites de todos os dias. Quando terminou a batelada de exames e as consultas a especialistas (endócrino, cardiologista, clínico geral, geriatra etc.), era hora de voltar para o sítio em que vivia, e bastou a vizinha perguntar se ela não queria levar a Lola para casa que imediatamente ela aceitou.

Ao contrário de Tom, Lola preferia a companhia da minha mãe aos passeios pelas redondezas. Chegava a ser engraçado ver minha mãe reclamando que estava com dor na coluna, pois não podia mudar de posição no sofá para não acordar a Lola, que dormia ao lado dela. Ou, ainda, vê-la tomar um susto quando a gata, dormindo no encosto do sofá, esquecia-se de onde estava e ao se virar caía sobre o corpo da minha mãe, cochilando embaixo.

Infelizmente, o cigarro em excesso acabou por levar a minha mãe a um Acidente Vascular Cerebral (AVC), seguido de um infarto. Minha mãe precisou ser internada e sofreu uma cirurgia no coração. Entre idas e vindas para o quarto e CTI, mamãe ficou mais de trinta dias no hospital.

A princípio, deixamos com a diarista, que morava próximo ao sítio, a responsabilidade de colocar água e comida para Lola, porém com o passar dos dias fomos buscar umas coisas no sítio e deparamo-nos com uma gata esquálida, sem ânimo nenhum.

Preocupada com a saúde dela, trouxe Lola para minha casa, mas como estava na rotina louca de acompanhamento e visitas ao hospital não tinha como cuidar da Lola direito. Passei a missão para a minha vizinha, que descobriu que a Lola não queria mais comer. Era preciso enfiar a ração úmida e a água pela goela dela.

Quando minha mãe faleceu, Lola foi salva por uma solução açucarada injetada garganta abaixo com o auxílio de uma seringa. Ela estava decidida a acompanhar minha mãe, mas nós não podíamos deixar. Com muita insistência e carinho, ela voltou a comer e tornou-se a gata meiga de sempre.

Na atualidade, ela mora no apartamento da vizinha, ao lado do meu. Até hoje ela entra na minha casa, passeia pelos cômodos como se procurasse alguém, mas não fica mais do que alguns minutos. Ainda ama aconchegar-se ao lado de sua tutora no sofá e dormir atravessada na cama.

Apesar de não querer morar comigo, corre para a minha porta, esperando nas escadas meu chamego na orelha, compartilhando comigo a saudade de uma presença que não temos mais.

CAPÍTULO 11

RÉQUIEM PARA TITIA

Se minha mãe era muito mística e determinada, sua irmã, minha tia, era metódica e assustada por natureza. Professora aposentada, casada e sem filhos, ela infartou aos 45 anos e ao recuperar-se prometeu nunca mais colocar sal na boca. E assim fez até morrer, aos 82 anos de vida.

Titia preocupava-se com a higiene e com a saúde 24 horas por dia. Ter uma gataria em casa era motivo de pânico para ela.

— Você só pode estar ficando maluca com tantos gatos. Eles vão estragar seus móveis, encher de pelos suas roupas e até a comida. Dizem que não é, mas esse bicho é sujo – repetia a cada encontro familiar.

Titia descobriu por acaso, devido um tombo na rua que lhe quebrou o dente, ao fazer uma tomografia, que tinha um tumor no cérebro. Uma biópsia revelou que era maligno e que rapidamente afetaria seus movimentos, seus pensamentos e, por fim, sua vida.

Preocupada com esse quadro, levei-a para morar comigo e os gatos. No início, é claro que ela e toda a família resistiram. Acreditavam que os gatos podiam arranhá-la ou derrubá-la em seus passos cambaleantes pela doença. Mas nada disso ocorreu. Pelo contrário, os gatos tornaram-se dóceis, companheiros inseparáveis. Aguardavam-na sentar-se ou deitar-se para encontrar assento próximo, ficando sempre ao alcance da sua mão, quem sabe na esperança de um carinho fortuito.

Algum tempo depois de chegar ao meu apartamento – enquanto sua saúde debilitava-se cada dia mais –, minha tia já aceitava a presença deles e reclamava:

— Por que eles hoje não vieram ficar do meu lado? O que houve? Eles são engraçados e me distraem.

Quando Titia partiu, além de seu irmão, seu marido e seus sobrinhos, ao redor da sua cama estavam lá os gatos. Talvez entendendo que ela não precisava mais ser distraída, apenas descansar em paz.

CAPÍTULO 12

NO CÉU DE SÃO FRANCISCO DE ASSIS

Em um domingo, o céu de São Francisco de Assis ficou mais nobre, mais elegante, mais brilhante. Ele recebeu uma verdadeira majestade felina chamada singelamente de "Pingo".

O nome nunca fez jus ao seu ar de realeza, seu porte nobre. Seu caminhar lento e elegante como se carregasse manto e coroa sempre me encantou e despertava o respeito de John Malkovich.

O gato mais lindo que conheci na minha vida faleceu na madrugada de domingo, no Dia do Amigo, deixando um buraco imenso na fraternidade construída por ele ao longo de dez anos.

Pingo não gostava de agarramentos ou carinhos desmedidos. Aceitava no máximo um leve passar de mão no seu dorso, mesmo assim quando não estava comendo.

Uma enfermidade não diagnosticada fez-lhe definhar. Vômitos constantes foram tirando seu vigor e seu viço. O impressionante era que nem a dor que parecia sentir, nem a fraqueza pela perda de nutrientes devido aos problemas gástricos ou hepáticos, tiraram a altivez do Pingo em seus passeios no meu apartamento.

Fiz uma reforma que transformou cozinha, sala de estar e sala de jantar em espaços comunicantes entre si. Talvez por estranhar a diferença da casa da sua tutora ou pelo simples prazer de "desfilar" pelos cômodos do meu apartamento, era comum, mesmo doente, o Pingo entrar pela cozinha, sair na sala de estar e acessar a sala de jantar para voltar à cozinha. Um passeio que se repetia duas, três vezes, dependendo do dia.

No dia anterior à sua morte, Pingo não conseguiu completar a sua "voltinha no apartamento". Entrou pela cozinha e parou sob a mesa de jantar. Preocupada com o fato de ele ter deitado ali, sua tutora resolveu pegá-lo no colo e levá-lo de volta para o apartamento dela. Horas depois ele daria seu último e derradeiro suspiro.

Foi, sem dúvida, uma grande honra perceber que o último grande esforço desse gato tão especial foi passear na minha casa sob o olhar atento meu e do John Malkovich. Coisas de gato...

CAPÍTULO 13

UM PACTO COM O DRAGÃO DE SÃO JORGE

Não sei se por ciúmes de Santo Antônio ou se por alguma quizila comigo mesmo, o certo é que São Jorge pregou-me uma peça.

Em meio à pandemia da Covid-19, passei a trabalhar em regime de *home office*. Numa casa cheia de gatos, essa não foi uma missão corriqueira. Logo nas primeiras reuniões virtuais com membros da diretoria da empresa em que trabalhava tive que enfrentar interrupções frequentes para esperar o carro do ovo passar, a buzina da bicicleta do padeiro e os latidos do cachorro do vizinho (explicando melhor: eu até gosto do vizinho, mas o cão que ele cria bem que poderia ser mudo).

Porém nada era mais constrangedor do que descobrir que os sorrisos nos lábios dos participantes durante as minhas apresentações (transmissões ao vivo em tempo real) não eram pela qualidade e pela assertividade do que eu falava, mas porque na mesa atrás de mim estavam dois ou três gatos olhando para o monitor como se estivessem adorando o passeio do mouse sobre o meu ppt (PowerPoint).

Então, para desestressar depois dos micos sucessivos que esses seres curiosos faziam-me passar, resolvi que caminharia ao fim de expediente com a minha vizinha, colocando comida e água para os gatos de rua sempre no mesmo horário.

Nessas caminhadas diárias conheci vários gatos de rua que transitavam pelo bairro e, por vezes, ajudava a vizinha a capturar algum felino para castração e/ou doação a algum tutor.

No feriado de São Jorge, a vizinha convocou-me para resgatar um filhote que teria sido abandonado numa área do estacionamento do shopping. Quando chegamos ao local, descobrimos que o "sia-lata" (siamês vira-lata) não estava mais lá. Porém duas senhoras com roupas de ginástica dirigiram-se a nós trazendo um gatinho preto em seus braços.

— Olha, esse gatinho estava lá embaixo e a mãe e o irmão estão atropelados na pista. Pegamos ele, pois ali poderia morrer. Posso deixá-lo com vocês? – perguntou a moça, estendendo a mão que carregava o bichano em minha direção.

Sem muito pensar, peguei o gatinho, que se aninhou no meu colo.

— Não, claro que não pode deixar o gato com a gente – disse a minha vizinha bastante irritada. – Vocês estão é querendo abandonar o bicho aqui, mas como viram a gente inventaram essa história. Vocês sabem que abandonar animal é crime?

— Não, senhora. Apenas o tiramos do perigo. Ele não é nosso, não.

— Vocês iam jogar ele na rua. Sei bem como é isso...

Para mim, essa discussão era insana, então intervi, cheia de boa vontade:

— Amiga, nós viemos aqui para resgatar um gatinho e ele não está. Elas estão entregando esse. Por que não podemos pegar?

— Não, Márcia, elas estão abandonando. A gente não pode estimular isso – afirmou a vizinha ainda mais nervosa.

— Entendi. Mas a questão não é a proteção do gatinho. É um por um – argumentei.

Aproveitando a nossa discussão, as mulheres sumiram, deixando o gatinho preto de olhos amarelos nos meus braços.

A vizinha estava irredutível, porém acabamos rindo da situação. Aquele "neguinho" cabia na palma da minha mão e ronronava, bastante saudável. Lembrei-me de que era dia de São Jorge e pensei, rindo: "Ganhei mais um companheiro, agora do santo guerreiro. Melhor do que ele me mandar o dragão".

Vinte quatro horas depois já tinha certeza que o São Jorge tinha feito uma maldade: havia mandado o dragão transmutado em gato.

Batizei-o com o nome de Zulu devido à sua negritude, só não imaginei que ele sentir-se-ia o próprio rei do povo guerreiro africano. Em uma semana já tinha quebrado todos os porta-retratos da casa, empurrando um a um para o chão.

Inteligente ao extremo, Zulu aprendeu sozinho a abrir armários, gavetas e até mesmo a geladeira. Minha principal rotina passou a ser gritar pela casa: "Zulu, não!".

Porém a maior prova da sua inteligência ocorreu durante o serviço de um eletricista no meu apartamento. O profissional, que foi consertar o ventilador de teto da sala, mostrou-se muito preocupado com a insistência do Zulu em entrar na bolsa de ferramentas dele. Para tranquilizá-lo, achei que o melhor a fazer era colocar o gatinho levado no quarto ao lado da sala e fechar a porta, é claro. Como todas as janelas contam com grades, pareceu-me a solução perfeita.

Menos de 10 minutos depois, eu e o eletricista assustamo-nos com vários miados e um estalar de vidros e alumínio. Quando olhamos para o janelão da sala vimos o Zulu, pendurado com metade do corpo na grade da sala e a outra metade a partir do ar condicionado, que fica do lado de fora do prédio, suspenso a uns 12 metros do chão. E antes que eu conseguisse chegar à janela, Zulu já estava na sala, deitado na bolsa do rapaz.

Ninguém merece um gato que acha que tem um pacto com o dragão alado de São Jorge. Afinal, voar não é uma habilidade felina.

CAPÍTULO 14

QUANDO VIREI A MULHER DOS GATOS?

Doze anos depois de ter me tornado mais uma "mulher dos gatos", ainda não entendo o estereótipo de que toda tutora de felinos é uma pessoa solitária e mal-humorada. Antes de adotar meus gatos ouvia vizinhos e conhecidos falar mal das tutoras como se todas tivessem algum tipo de deficiência ou desajuste social.

Quando passei a ser alvo dessas críticas percebi que, "sim, nós gostamos mais de bichos do que de gente". Descobrir que bichos são melhores do que muitas pessoas e que, de fato, afasta-nos um pouco da vida social.

A convivência com gatos ensina-nos que não é preciso falar o tempo todo para marcar presença. Aprendemos que cuidar do nosso corpo é uma tarefa reconfortante que nada tem a ver com o outro. Limpamos cada cantinho do nosso corpo por amor a nós e não para nos mostrar a alguém. A mulher dos gatos não tem vaidade. É pragmática.

Entendemos o valor de espreguiçar, de comer sem pressa de acabar e de fazer silêncio. Perdemos o valor do tempo e ficamos lentas e silenciosas (com algumas exceções: conheço uma tutora que é chamada de "ligeirinha", pois está sempre "tirando o pai da forca", mas apesar disso é silenciosa e sem vaidade).

Mas na sociedade acelerada em que vivemos, calma é vista como "desprezo" e silêncio como falta de conteúdo. Se não gargalhamos para demostrar engajamento e interação somos mal-humoradas ou antipáticas. Se não emitimos opinião sobre questões secundárias e pessoas que mal conhecemos somos omissas ou ignorantes.

Assim, tornei-me a mulher dos gatos, doida, metida e antissocial...

Mas foi lendo o romance *A elegância do ouriço*[7], de Muriel Barbery, que compreendi a verdade do meu comportamento, espelhando-me na personagem Reneé Michel, zeladora de um prédio elegante de Paris, e seu gato: a gente é o que o estereótipo espera de nós. Para que perder tempo brigando com o mundo? Se o mundo acha que somos ranzinzas e antissociais, por que não ser?

A elegância do ouriço

O livro de Muriel Barbery revela as manias e as idiossincrasias dos moradores de um prédio elegante de Paris segundo o olhar ácido da sua zeladora, Renée Michel, e as inquietações filosóficas de Paloma, "pré-aborrescente" de 12 anos, e suas intenções suicidas. As duas têm suas rotinas e visão de mundo assoladas por um novo morador, o bem-humorado Kakuro Ozu, um japonês que mexe com a mediocridade reinante.

---

[7] *A elegância do ouriço* foi lançado em 2006, na França. No Brasil, o livro foi publicado pela Companhia das Letras.

CAPÍTULO 15

CARINHO DE GATO

Animais independentes, "senhores de si", os gatos dificilmente são lembrados por seus momentos de carinho. Tirando o olhar languido do Gato de Botas, quase sempre a doçura nos gestos felinos está associada à falsidade, ao exercício de sedução para conquistar algo.

Mas quem convive com eles sabe que o carinho é uma necessidade vital para os felinos. Roçar o pescoço em nossos pés, ainda que para impregnar-nos com o cheiro deles e assim assegurar que somos sua propriedade, é também uma forma de carinho.

Carinho que também aparece na forma de cabeçadas, numa clara tentativa de pedir afagos ou um cafuné nas orelhas ou no cangote. Porém nada se compara a acordar com as "almofadinhas" das duas patas pousadas no nosso rosto como se estivemos próximos a ter um beijo roubado.

Meu jovem gato negro, o Zulu (aquele que tem um pacto com o dragão de S. Jorge), apesar da energia em excesso tem momentos do mais puro afeto.

Após saltar do armário ou vir correndo feito um louco como se alguém o estivesse perseguindo, deita-se no alto do meu travesseiro ou no respaldar da cadeira e coloca as patas dianteiras esticadas na direção do meu rosto. As "almofadinhas dos dedos" tocam levemente minhas bochechas, ele olha no fundo dos meus olhos e dá aquela piscadinha lenta que dizem representar o "Eu te amo" em "catonês". E um coração humano acaba derretido...

Contudo há outros momentos de carinho mais peculiares, como o da doce tricolor Radisha (a resgatada da roda do caminhão): ela demonstra todo o seu carinho aninhando-se entre as minhas coxas quando estou deitada assistindo TV.

O problema é quando estou assistindo um jogo do Flamengo. Basta um lance bonito ou uma tentativa de gol para eu esquecer a gata e dar um grito ou uma sacudida de pernas. Aí eu quase a mato do coração.

E há afetos com hora marcada, que ficam por conta do mal-humorado Rodolpho. O gato cinza tigrado com o bigode nazista mia insistentemente aos meus pés às 17h, esteja eu fazendo o que for, para que o acompanhe até a minha cama, quando, então, ele deita-se sobre as patas à espera do meu carinho. E se tem hora para começar, tem hora para terminar. Cinco minutos depois ele deixa a cama e larga-me lá, no vácuo. Se tentar segurá-lo para mais carinho, na certa eu ganho uma mordida.

Porém nenhum carinho é tão especial como o de John Malkovich, meu gato de Santo Antônio. Não sei se por conta da fratura que teve no fêmur ou se por ser o "primeiro filho" e mais mimado, o certo é que todas as noites Malko deita-se colado ao meu corpo, na altura do meu peito, e aninha-se pondo uma pata traseira e uma dianteira no meu antebraço. Diria que Malko inventou uma versão felina de "dormir de conchinha".

Eu sei que dizem que "gatos não gostam de carinho na barriga", mas Malko não é um gato igual aos outros e o que ele mais ama é esse contato físico na barriga dele. Praticamente prende-se ao meu antebraço, segurando-o com as quatro patas.

CAPÍTULO 16

ESCOVAÇÃO:
MOMENTO DE CARINHO E RELAXAMENTO

É muito comum tutores de gatos afirmarem que alguns dos seus animais não gostam de carinho. Gatos são seres livres. Não gostam de coleiras, roupinhas, caixas de transporte, mochilas com visor ou qualquer artefato que lhes lembrem confinamento, restrição de liberdade, apesar de gostarem muito de tocas. Mas dá para entender: tocas não têm portas. Eles entram e saem a hora de quiserem.

Talvez por isso também não tenham paciência para coisas que possam impedir seus movimentos. A maioria das pessoas quer colocar o gato no colo, abraçá-lo e carregá-lo como bebê. Porém não gostar de "agarramentos" não significa não gostar de um afago, de um chamego, de estar ao alcance da mão do seu tutor.

Um momento adorável de troca de carinhos é a hora da escovação. Raças com pelos longos costumam sofrer com fios embaraçados e bolos de nós, por isso escovar pode não ser tão agradável.

Assim, o primeiro passo para vencer resistências felinas à escovação é escolher bem a escova a ser utilizada. Gosto de usar escovas com cerdas macias ou emborrachadas, pois às vezes os gatos querem brincar de morder as escovas e com isso não se machucam.

É claro que para pelos muito embaraçados rasqueadeiras são mais eficientes, mas se seu gato não se sente relaxado durante a escovação, minha sugestão é primeiro deslizar o dorso da escova no corpo dele. Os pelos embolados não serão desembaraçados, mas o gato entenderá isso como um carinho.

Depois de bem relaxado, tente cortar os pelos embolados com uma tesoura pequena, e quando escovar com o lado certo da escova seu felino não sentirá os "puxões".

Agora, se os bolos de pelos forem muitos, esqueça a escova e leve o gato ao *petshop* mais próximo para banho e tosa. Assim, ele associará a "tortura" ao moço do *petshop* e não a você e à sua escova (kkkk).

Afinal, a escovação é um momento de amor entre você, o seu gato e a escova...

Tipos de escovas

Em lojas de animais você encontra diferentes tipos de escovas:

- Rasqueadeira – As cerdas quase sempre são de aço e o corpo emborrachado e de plástico. Varia no tamanho, na largura e na altura das cerdas.

- Escova dupla face – Tem um lado com cerdas em inox e outro de borracha/polipropileno. Com isso você pode escolher entre desembaraçar e retirar os pelos mortos.

- Desembolador de pelos – Parece um pente com dentes de metal bem espaçados. Só tome cuidado, pois se manipulado de maneira errada pode ferir a pele do seu gato.

- Furminator – Trata-se de uma ferramenta que remove pelos longos e subpelos (camada de pelos junto ao corpo do animal). Assim como as rasqueadeiras, é encontrado em diferentes tamanhos e versões.

CAPÍTULO 17

AZ / DZ

Criado pelo International Fund for Animal Welfare (traduzindo: "Fundo Internacional do Bem-Estar Animal"), o Dia Mundial dos Felinos foi instituído em 8 de agosto de 2002, com o objetivo de estimular a adoção de gatos em todo o mundo.

Mas o calendário internacional tem outra data em agosto, específica para os gatos pretos. É, 17 de agosto, o Dia do Gato Preto. Até eu ter o Zulu, confesso que achava um exagero. Aliás, considerava uma loucura as pessoas terem medo de gatos pretos ou do mau presságio que eles trariam.

Porém minha visão do mundo ganhou um novo marco temporal: o meu calendário agora divide-se em AZ / DZ – antes do Zulu e depois do Zulu.

Antes de Zulu minha casa era silenciosa e meus nervos totalmente relaxados. Pós-Zulu é correria, objetos caindo, TV sob risco de queda e gritaria frequente. "Não, Zulu!", "Para, Zulu!", "Jesus! Esse gato tá possuído!".

Vocês podem não acreditar, mas até Nossa Senhora de Fátima e Santo Antônio viram de costas para não ver as "artes" do Zulu. Sério! Vou contar...

Tenho duas imagens de 30 cm de Santo Antônio e de Nossa Senhora de Fátima que ficam sobre o meu oratório na sala de estar. Comecei a estranhar, pois eu chegava em casa e as imagens estavam viradas para a parede. Como eu contratava quinzenalmente uma diarista para fazer a faxina no apartamento que era evangélica, achava que era ela quem colocava as imagens assim durante a limpeza.

MÁRCIA LEITÃO

Até que um dia... Eu estava eu vendo TV na sala e, de repente, o Zulu começou com seu ataque de loucura, correndo e pulando de móvel em móvel, como se estivesse perseguindo fantasmas. A cada pulo os móveis sacudiam e o oratório balançava. E qual não foi a minha surpresa? As imagens moviam-se lentamente e – se eu não estivesse vendo e alguém me contasse, eu não acreditaria – iam se virando até ficarem voltadas e encostadas na parede. Juro! Como eu disse, até Nossa Senhora e Santo Antônio preferiam olhar para parede do que ver as "m" do Zulu.

Acho que se eu tivesse a imagem de São Jorge, o cavalo e o dragão iam querer dar o fora também. Eu ia encontrar o santo guerreiro desmontado e olhando para a parede.

CAPÍTULO 18

PARA A "CADEIRA DO FEIO"

Quando meus sobrinhos eram pequenos havia uma prática curiosa das mães de Realengo, região em que minha cunhada e sua família foram criadas. Seus amigos, vizinhos de infância, tinham filhos na mesma faixa etária, de 3 a 9 anos, e as festas e encontros da criançada na casa do meu irmão eram frequentes. Como a "tia solteirona" era comum eu comandar as brincadeiras da garotada, mas confesso que tinha hora que perdia completamente a autoridade e apelava para a terapia SOS Mães suburbanas.

Não, a terapia SOS não era um chinelo voador que controlava aquela criançada. Era, sim, uma cadeira colocada num canto afastado da área da brincadeira. Aquele que fizesse algo errado, machucasse o coleguinha ou falasse palavrão... era mandado para a "cadeira do feio" e tinha que ficar afastado da brincadeira, sentado lá por dez minutos. Se falasse ou chorasse ficava mais dez minutos.

Assim, a "cadeira do feio" virou um mito na família. Até mesmo adultos que bebiam demais acabavam colocados na cadeira ou no sofá, afastados do grupo até melhorarem, enquanto o resto do grupo zoava o infeliz dizendo que estava de castigo na "cadeira do feio".

Bem, mas o que isso tem a ver com gatos? Afinal, este é um livro sobre gatos, certo? Certo.

Não sei exatamente quando, mas percebi que toda vez que Zulu fazia uma grande besteira e eu começava a brigar com ele como uma criança levada, ele fugia de mim e deitava-se todo enroscado num pufe da sala, como se dissesse: "Ok. Eu errei, mas agora vou ficar aqui quietinho".

Claro que o pufe virou a "cadeira do feio" do Zulu. Então agora eu brigo com ele e já mando:

— Chegou, Zulu! Direto para a "cadeira do feio". Anda! Deita e fica aí até eu te liberar.

Eu falo firme, com cara de brava, e, para minha surpresa, ele corre para o pufe e fica rolando, fazendo gracinha até eu abrir um sorriso.

Santa "cadeira do feio"! Pena que o castigo só dure alguns poucos minutos...

CAPÍTULO 19

UM DIA DIFÍCIL

No ano passado, Malkovich debateu-se muito na hora de tomar a vacina antirrábica, o que não era comum. Como dizia meu tio, ele é o "gato baiano", o gato mais tranquilo do mundo. Aquela agitação pareceu o pressentimento do mal que estava por vir.

Meses depois notei um pequeno nódulo nas costas dele. Como ele não parecia sentir dor ou qualquer incômodo, só voltei a falar com a veterinária na vacinação de um dos irmãos de Malko, quase um ano depois.

A veterinária examinou, recomendou compressas mornas e um anti-inflamatório. Porém, ao invés de reduzir, o nódulo começou a crescer e/ou unir-se a nódulos menores. Não sei bem o que aconteceu, mas em pouco tempo meu amado gato de Santo Antônio já carregava uma pequena corcova de camelo.

Exames de sangue, de citopatologia e alguns antibióticos e anti-inflamatórios depois, veio o doloroso diagnóstico: era um sarcoma de aplicação felino (SAF).

O resultado chegou como um murro na boca do estômago: meu primeiro e santificado companheiro felino estava morrendo. Nunca tinha pensado nessa possibilidade. Achava que ele me acompanharia na velhice, até que um dia, depois de tantas dores e alegrias compartilhadas, dormiríamos juntos e não acordaríamos, igualmente juntos.

Agora tinha que encarar a triste realidade, uma quase certeza, de que ele iria antes de mim. Como aguentar essa dor?

Sarcoma de aplicação felino

O sarcoma de aplicação felino (SAF) é um tumor maligno que se instala nos tecidos moles. Anteriormente chamado de "sarcoma vacinal", a doença não resulta da aplicação exclusiva de vacina, mas de diferentes medicamentos, como antibióticos, corticoides ou anti-inflamatórios não estercides. Esse tipo de câncer acomete animais de meia-idade e o tempo de evolução varia de alguns meses a até anos após a aplicação da injeção.[8]

O tratamento envolve cirurgia de ampla margem de segurança, quimioterapia e radioterapia. Mas existe risco de recidiva num espaço temporal de até dois anos, por isso é fundamental que o animal mantenha um cuidadoso acompanhamento médico.

---

[8] NITRINI, A. Sarcoma de aplicação felino. *Revisão Pubvet*, v. 15, n. 1, 2020. Disponível em: https://doi.org/10.31533/pubvet.v15n01a738.1-12. Acesso em: 30 maio 2023.

CAPÍTULO 20

UMA REDE DE SOLIDARIEDADE

Perdi as contas do número de mensagens e conversas que mantive envolvendo a ajuda de animais doentes e tutores sem condição de tratá-los. Não estou reclamando. Ao contrário, escrevo isso, pois, de fato, muito me impressiona a rede de solidariedade que se forma a partir dos felinos.

Apesar de morar há mais de 50 anos no mesmo bairro e de ter feito parte da Associação de Moradores local, não sou do tipo "figurinha fácil". É raro participar de bate papo na calçada, fazer amizades na fila da padaria ou do mercadinho do bairro. No máximo, é "bom-dia", "boa-tarde" e "boa-noite".

Porém, quando o assunto é gato, viro a maior falastrona do pedaço. Na minha jornada como "mãe gateira" acabei me aproximando de muita gente boa, cujos gatos trouxeram-lhes uma nova vida de compartilhamentos e empatia.

Se algum gato de rua aparece com a pata machucada, o nariz esfolado ou se coçando muito, é certo que alguém vai mandar uma mensagem pelas redes sociais ou tocar o interfone do meu apartamento para solicitar ajuda para o "pobre felino".

E acredite, quase nunca a "ajuda" quer dizer "dar dinheiro". Às vezes, o pedido é só para dar uma olhada no gato e confirmar o diagnóstico provisório antes de capturá-lo para levar a algum veterinário amigo, que o tratará a preço popular. Outras vezes, querem apenas saber que tratamento médico seria ideal, se tenho um pouquinho de ração ou um remédio sobrando...

A partir daí, reforça-se a troca de expériência, potencializam-se os cuidados com os gatos e, é claro, rola uma rede de doações e comprometimentos para garantir tudo que o "paciente" precisa: um ganha a confiança do felino com comidinhas e petiscos; outro encarrega-se de correr a vizinhança à procura do medicamento ou veterinário conhecido que oriente o tratamento; um grupo de tutores e admiradores de gatos trocam mensagens sobre a evolução do tratamento e divulgam imagens buscando a adoção.

É meio doida a dedicação de tantas pessoas a um único felino, mas funciona. E quando percebemos, estamos conversando com um estranho que nem sabemos onde mora, mas sabe o nome de cada um dos nossos gatos e todos os problemas de saúde que eles já tiveram.

Assim como os gatos acabamos vivendo em "colônias", dividindo o mesmo território e lambendo as feridas uns dos outros. O amor aos gatos une-nos e salva-nos do egoísmo...

GALERIA DE GATOS

Figura 1 – John Malkovich

Figura 2 – Juju

Figura 3 – Zazá Garbo

Figura 4 – Rodolpho Elias

Figura 5 – Radisha

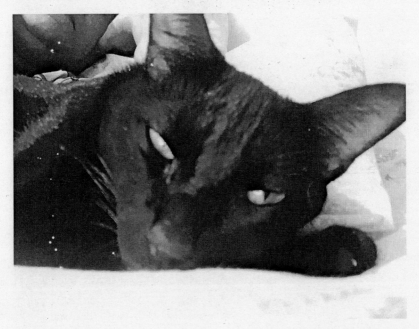

Figura 6 – Zulu

POETIZANDO GATOS.

HEXÁGONO PERFEITO

Um gato laranja cruzou o meu destino
E mesmo sendo bem pequenino
Conseguiu me seduzir.
A leveza do seu andar me encantou.
O roçar de cabeça me enfeitiçou.
Minha alma cativada de amor ficou.

Depois uma gata tigrada apareceu,
Com o rabo quebrado, me envolveu.
Meu coração perturbado e incerto
E um parto não planejado
Trouxe-me mais um casal de gatos,
Uma tricolor e outro tigrado, emburrado.

De repente, éramos cinco.
Outra tricolor resgatada
E eu, já assustada, pensava:
"Onde esse amor vai parar?".

Formando a ciclo de amor,
Encontrei meu negro retinto,
E o hexágono foi fechado.
Mas meu mundo permanece aberto
Para uma vida regada
a lambidas e miados.